恋なんて本当はするつもりじゃなかった。
でも、好きになってしまいました。
今日まで描いてきたのは、
インスタグラムの中で「青春ｂｏｔ」になる前の、
馬鹿なわたしの、たった1年間の片想いの話。

私に勇気があった頃

最近すこし大人になった。
恋であんまり傷つかない。

あの頃はバカだったから、

自分には
ぜったい無理だってわかる人に

全力で恋してた。

はじめに

「あの頃」を、ちゃんと思い出にできますように。

恋なんて本当はするつもりじゃなかった。でも、好きになってしまいました。
今日まで描いてきたのは、インスタグラムの中で「青春bot」になる前の、
馬鹿なわたしの、たった1年間の片想いの話。

その人は誰が見ても一番で。好きにならないように、いい感じの距離をとりながら、
周りからのちょっとした優越感に浸れていられたらそれで良かったんだけど。
いつの間にか自分を見失って、1人で空回りして、
意味わかんないLINE送って、あっという間にはじけて消えた。
大人になったはずだった、うまくやれるはずだったのに、
結局わたしは何も成長してなくて、初恋かよって言いたくなるくらい無様な恋をしました。

それからわたしは、記憶の一つひとつを絵と言葉にして、
インスタグラムの中に吐き出しながら、気持ちの整理をしていきました。

そしたら、わたしの作品なんかに、

「共感えぐい」「今のわたしの感情そのままで、うるっときました」

「心臓を握り潰されそうになりました」「これ見て気づきました。わたし恋してたんですね」

みたいなことを言ってくれる人がたくさんいました。

信じられないくらい苦くて、酸っぱくて、最悪……だったけど、
その人がいたから、青春ってどんなものなのかわかった気がします。


こんなわたしにも、できることがあるのなら。

この本を読んで、また恋をしたいなって思ってもらえれば嬉しいです。

わたしは描くことで、あの人を思い出にできました。

いつか、あなたの「あの頃」も、ちゃんと思い出になりますように。

もくじ

1 不器用な恋のありがち

2 まじ、なんなん

3 わたしのハッピーエンド

4 君に会いたくない理由

1 不器用な恋のありがち

seisyun bot

好きな人ができました。

あの日ほど、
「可愛くなりたい」と思ったことはありませんでした。

進めない

どんな人かも、
正直わかりません。

話したこともありませんし、

ＬＩＮＥもしたことありません。

何もできないまま、ただ時間だけが過ぎてゆく。

恋した時の視線

本当に偶然見た先に
好きな人いがち。

たまに視線気づかれて
不自然にそらしがち。

好きなのばれないように
頑張って見ないようにしがち。

でも、
やっぱり見ちゃう。

聞けない

好きな人いるのかなんて
怖くて聞けない。
だって、
いても、いなくても
がっかりするから。

片想いにありがち

君に気持ちを伝えられずに、
1年が経ちがち。

LINE①

誘われるの期待して、
「この映画おもしろそう」とか
LINEで言ってみがち。

好きな人との「LINE見せて」って言われて
嫌がる感じ出すけど、本当は見てほしいがち。

友達と妄想トークして
盛り上がりがち。

待てど暮らせど、
既読がついても音沙汰ない。

やっと来た。

ずっと待ってた君の返信、
「うん」のふた文字。

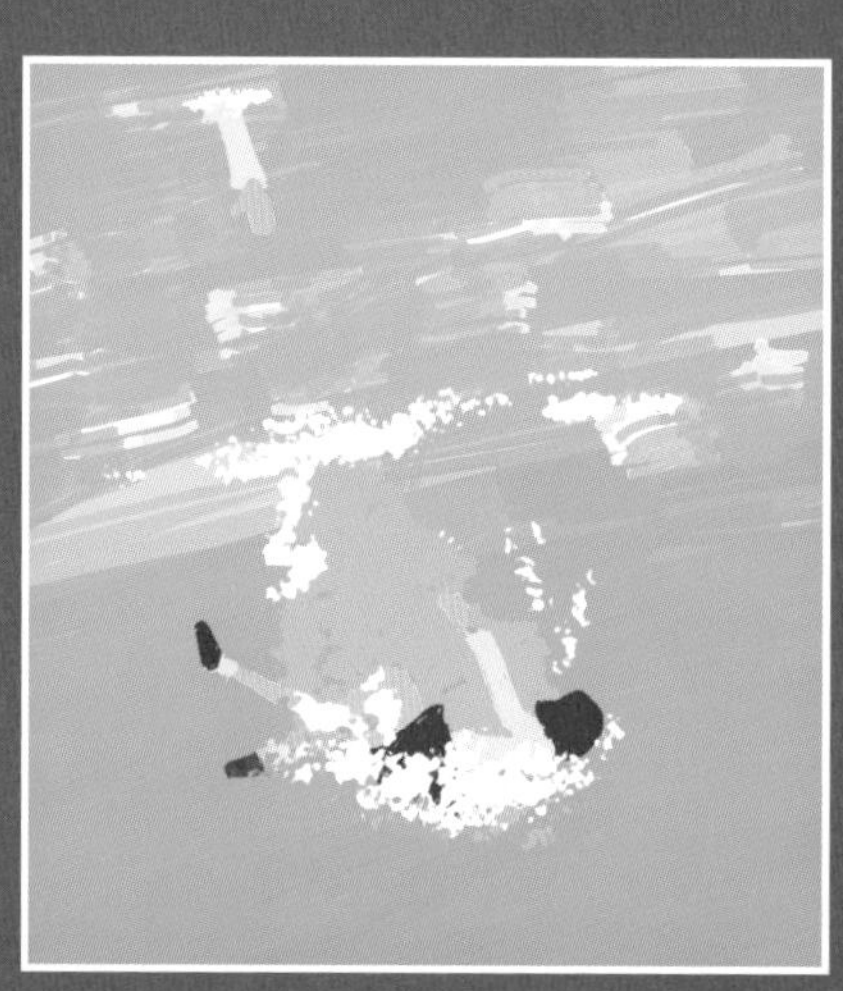

迷惑に思われる。
それは、わかってる。

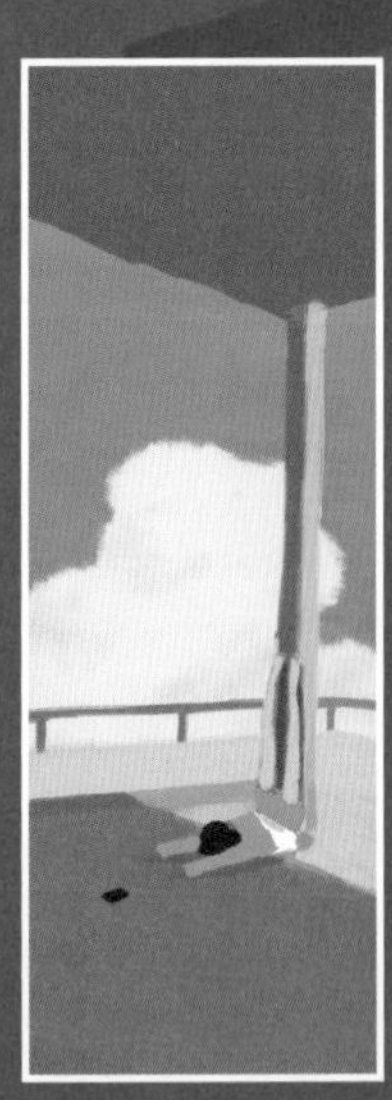

返信来なくて傷つくこともある。
それも、わかってる。

毎日したからって、付き合えるわけじゃない。
そんなこと、わかってる。

でもＬＩＮＥしたい。
君に近づく手段が、それしかないんだよ。

ラインを超えられない。
リアルで近づく勇気が欲しい。

「本気」ってださい。
本気の恋をしている自分は、きっと無様だよ。

でも、それで君と付き合えるなら
全然おっけーだね。

インスタ空中戦

ほかの子と遊びにいくって噂聞いたら、
インスタひたすらチェックしがち。

男子の投稿に
好きな人が写ってないか探しがち。

好きな人に向けて寂しいアピールのストーリー投稿しがち。

自分の投稿を好きな人が見たか既読欄、何度も確認しがち。

ポジション争い

インスタで、好きな人が
ほかの女の子といるの見ると、
こんな気分になりがち。

でも、なんだかんだ
「わたしが一番なんだ」って思いたい。

恋の噂

あいつのことが好きなの
みんなにバレてるぅ――。

好きなの知ってて話しかける奴

わたしが好きなの知っているのに、
彼のこと好きなの知っているのに、

なぜあなたは、よりいっそう彼に話しかけるのか。
わかるように、教えておくれ。

好きになった順番

直接言わないけど、
たぶん同じ人が好き。

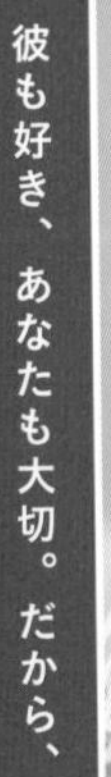

彼も好き、あなたも大切。だから、

わたしが諦めればいいんだ。

好きになったの、わたしが先だけどな。

見た目が大切です。

炎上に気をつけてください。

とりあえず一軍に入りましょう。

大した軍じゃないと気づけます。

学校は最悪です

学校は最悪です。
週に5日もあります。

この先、役に立ちそうにない
授業がたくさんあります。

友達から友達の悪口を聞かされます。
言葉にもならない最悪が学校には溢れてる。

でも、君と話してると、
「来てよかった」って思えるじゃん。

楽しいだけじゃない

楽しいことだけじゃないね。
辛いことの方がもしかしたら多いかな。

どうせ叶わないとわかっていても
もしかしたらって思っちゃうんだよな。

不器用な恋のありがち

「嫌われてる」という
根拠のない自信ありがち。

頑張って話しかけたあとに沈黙しがち。

恋の相談されて、応援しちゃいがち。

何でもないふりしてるけど、
実は緊張しがち。

「優しくされてるのは自分だけじゃないんだ」
と、冷静になろうとしがち。

でも無理がち――――――っ。

わからんよ

数学わからん。

将来のこと、わからん。

君のことは、もっとわからんよ―――っ。

ひとりじゃない

頭ポンされて「きゅん」ってなって、

ほかの子にもしてるの見て「しゅん」ってなる。

のろけ話

「また、のろけ話聞かせてね」
そんなの全然聞きたくないのに、

彼と話したくて、距離を縮めたくて、
心にもない言葉を送った自分が情けなくて、

もう、やんなっちゃうよ。

花火

好きな人と花火を見る。

ドキドキしながら、
その日の計画を一緒に立てる。

一生懸命考える。

君の恋が叶うように。

切ない

いろいろ質問しても
まったく聞き返されなかったとき。

デート中、
つまんなそうにされたとき。

誰にでも優しい君を、好きになったとき。

2 まじ、なんなん

seisyun bot

受験生の恋にありがち

好きな人に一回LINE送っちゃったら、
返信来るまで全然勉強に集中できなくなりがち。

結局、これまでのLINE読み返して
時間経ちがち。

次に会う約束決まって、
そのことばかり考えて、また手止まりがち。

そして気がついたときには、
もう机の前にいないがち。

私は彼女じゃないけどさ

ほかの子と話してるの見て
ムカついて、

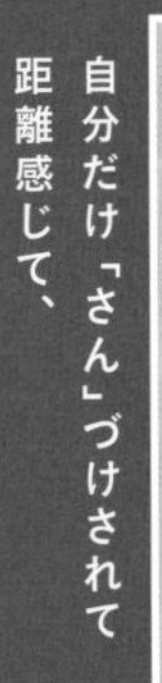

自分だけ「さん」づけされて
距離感じて、

ちょっと冷たくしてるのに、

それすら君には気づかれない。
わたしは彼女じゃないけどさ。

正直なところ

好きな人と一緒に勉強してたら、
正直、もう勉強どうでもよくなる。

64 − 65　まじ、なんなん

君に冷たくする理由

友達とは普通に話せるのに、

本当はもっと楽しく話したいのに、

君にはなんか素直になれなくて、

冷たくする理由を伝えられずにいる。

バレンタイン

「1個余ったから」と嘘をついて、
気持ちの伝わらないチョコを渡した。

けど

わたしなんかと話してくれて、

やさしくて、大好きな人に、

「彼女ができた」って言われた。

けど好きじゃん。

友達の彼氏

好きな人がいた。
友達の彼氏だった。

彼女の愚痴を聞くたび、
嬉しくなって。

ライツ社のおすすめ本

新刊やいまの季節におすすめしたい本です。

人生を狂わす
名著50

著：三宅香帆
本体1600円＋税　ISBN：978-4-909044-06-8

京大院生の書店スタッフが「正直、これ読んだら人生狂っちゃうよね」と思う名著を選んでみた。全国の書店員さんや作家・有川浩さんも推薦するブックガイドです。

全196ヵ国
おうちで作れる世界のレシピ

著：本山尚義
本体1600円＋税　ISBN：978-4-909044-10-5

料理レシピ本大賞2018「特別選考委員賞」受賞。全世界196ヵ国の料理が載っている、日本で唯一のレシピ本。見たこともない料理をスーパーの材料で作れます。

HEROES
（ヨシダナギ・ベスト作品集）

著：ヨシダナギ
本体11111円＋税　ISBN：978-4-909044-14-3

TBS「クレイジージャーニー」に出演し、話題の写真家ヨシダナギのベスト作品集。世界の美しい少数民族を捉え続けた10年の記録がこの一冊に。

売上を、減らそう。
たどりついたのは業績至上主義からの解放

著：中村朱美（佰食屋）
本体1500円＋税　ISBN：978-4-909044-22-8

どんなに売れても100食限定。営業わずか3時間半。飲食店なのに残業ゼロ。社員を犠牲にしてまで「追うべき数字」なんてない。小さな定食屋が起こした経営革命をまとめた一冊。

これから出版予定の本

どうぞ楽しみにしていてください。

人生を狂わす辞書（仮）

著：三宅香帆
『人生を狂わす名著50』の著者が編纂する辞書。古今東西の文豪が書き残した文献から、常識とは異なる解釈がされた単語を抜き出し掲載。

恋をして生きてきたんだ（仮）

著：青春 bot
インスタグラムで10万人フォロワーを抱える人気イラストレーターの作品をまとめた一冊。忘れられない恋をした、すべての人へ。

僕が旅人になった日（仮）

著：TABIPPO
「人生が変わった一日」を経験した旅人による紀行文集。」クリエイタープラットフォーム「note」との共同企画です。

Letter vol.7

このおたよりは2019年10月29日に書いています。嬉しいことに、9月から4期目を迎えたライツ社は、営業マンが1人増え、5人の会社になりました。社員が増えることは、できることが増えること。4年前、独立を決めたとき、自分の心の中にだけ掲げた言葉がありました。それは、「本ができることを増やす」ということ。ただ新しい本をつくるだけではなく、本がもっと世の中を面白くする、その可能性を広げたい。その実行の1歩目として、サイボウズとともに、「サイボウズ式ブックス」という新しい出版レーベルを立ち上げます。はたらくを、あたらしく。いまの時代の枠組みの中でうまくやる方法を伝えるのではなく、新しい枠組みをつくり出すためのヒントを伝える。そのための本を、ていねいにつくっていきます。

ライツ社の日々の活動や本の案内は、弊社ブログでお知らせいたします。
「ライツ社　note」と検索いただくか、QRコードよりご覧くださいませ。

ライツ社 HP　http://wrl.co.jp/

代表挨拶

なにをやっているのか、なぜやるのか。

2016年9月7日、設立の夜は雷雨でした。

この時代に出版社をつくるということは、
雷雨の中を歩き出すようなものだとはわかっています。
ただ、やっぱりわたしたちは、自分がおもしろいと思える本を、
好きな場所で好きな仲間とつくり、

大好きな本屋さんに届けて、

読者に読んでもらいたい。

これから、わたしたちがつくっていく本は、旅の本、物語の
1ページ目となる本、小説、図鑑などさまざまです。
ですが、出版業をとおして、やりたいことはひとつです。

「write」「right」「light」。

書く力で、まっすぐに、照らす。

本とは、凍りついたこころを解(と)かす光です。
それは、人が悩みもがくときに導いてくれる明かりかもしれな
いし、新しいアイデアが浮かぶ瞬間のひらめきかもしれない。
その胸の中に生まれる小さな火かもしれないし、温かい木漏れ
日や友達の笑い声のようなものなのかもしれない。
そう考えています。

もしも、

今日のみなさんの一日が
設立の夜のような雨の日のありようだったとしても、

「3つのライトでそのこころを照らしたい」

という気持ちを掲げて、ライツ社は始まりました。

「海とタコと本のまち」の出版社

ライツ社からのおたより

読者のみなさんとライツ社をつなぐ、お手紙です。

2016年9月7日創業
兵庫県明石市の出版社です。

書く力で、まっすぐに、照らす出版社を目指します。

write
right
light

次の日、
何事もなかったように
「おはよう」と
言っている。
何かを期待していた、
無意味な優越感。

私は振られました

告白したけど、ダメだった。

ため息と後悔を、ただただ繰り返して。

今でも正解は、わからないまま。

友達にも戻れず、嫌いにも、なれずにいる。

私は失敗した

失敗した。あんなLINEしなければ。

失敗した。あんなこと言わなければ。

わたしはまだ、君の隣にいたのだろうか。

なんなん

仲良かったのに急に冷たくなって、
どうしたらいいかわからなくて、

君のことばっかり考えて、

なんなんってなるじゃん。

毎日LINEしてたのに
突然既読スルーになるの、なんなん。

思わせぶりな態度してたのに
告白したら「ごめん」って、なんなん。

つらいことばっかりなのに
それでも好きなの、まじなんなん。

すれ違う

郵便はがき

料金受取人払郵便

明石局
承認

513

差出有効期間
平成32年10月
13日まで

（切手不要）

6 7 3-8 7 9 0

兵庫県明石市桜町 2-22-101

ライツ社 行

ご住所 〒		
TEL		
お名前（フリガナ）	年齢	性別
PCメールアドレス		
ご職業	お買い上げ書店名	

ご記入いただいた個人情報は、当該業務の委託に必要な範囲で委託先に提供する場合や、関係法令により認められる場合などを除き、お客様に事前に了承なく第三者に提供することはありません。

弊社の新刊情報やキャンペーン情報などをご記入いただいたメールアドレスにお知らせしてもよろしいですか？

YES ・ NO

○お買い上げいただいた本のタイトルを教えてください

[ ]

○この本についてのご意見・ご感想をお書きください

[ ]

ご協力ありがとうございました

お寄せいただいたご感想は、弊社HPやSNS、その他販促活動に使わせていただく場合がございます。あらかじめご了承ください。

海とタコと本のまち「明石」の出版社

2016年9月7日創業

ライツ社は、「書く力で、まっすぐに、照らす」を合言葉に、心を明るくできる本を出版していきます。

新刊情報や活動内容をTwitter、Facebook,note,各種SNSにて更新しておりますので、よろしければフォローくださいませ。

すれ違う。

夏が来たのに

告白しても、
フラれるだけなのわかってた。
これで楽になれるはずだったのに。
まだ、片想いは続いています。

あの日からずっと
前に進めてないのに。
また、
夏が始まろうとしている。

何しようかな。
特に思いつかないよ。

試合

先生、諦めたのに
試合が終わりません。
なんか公開処刑みたいになって、
つらいです。
何でも諦めたら
楽になるってもんでもない。

3 わたしのハッピーエンド

seisyun bot

失恋したあとにありがち

つらいときだけ、
優しくしてくれる人に頼りがち。

「彼氏つくらないの？」って
友達に聞かれがち。

前の恋を忘れるために、
好きになろうとしがち。

結局、別れがち。

後輩クンにありがち

気に入ってる後輩クンに
たまに使われるタメロ、実は嬉しいがち。

めちゃ気遣ってくれて、優しくて、
頑張って話そうとしてくれがち。

後輩のくせに自分より背が高いとこ、
まじ良いがち。

まあ、実際そんなハイスペックな後輩なんて
あんましいないがち。

先輩に恋したありがち

なんかわからんけど、
同級生の男子よりかっこよく見えがち。

まずはインスタのフォローから始めて
様子見がち。

学校で挨拶されると
嬉しすぎて死にがち。

体育祭、学園祭……先輩に近づくチャンスをくれる学校に
ありがとうしがち。

君とアイツ

君と話してると本当に楽しい。

いつも優しくて、

これからも一緒にいたいって思う。

でもやっぱり、アイツのこと思い出す。

ダイエット

失恋が原動力になって、

スイーツは別腹にして、

とにかく白米を悪者にして、

「なんか痩せた？」って言われたら一旦やめる。

みんな嘘つき

大好きなのに
好きじゃないって嘘をついた。
みんな嘘つき。

気がついたら

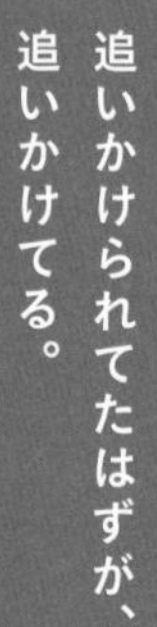

追いかけられてたはずが、
追いかけてる。

かっこいい

ずっと見てきた。

何度も負けて
泣いてばっかりだったけど、

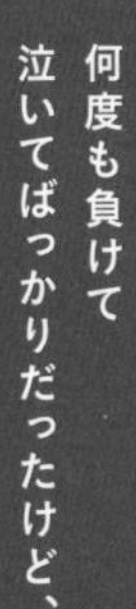

それでも頑張ってる君は、

やっぱり、
最高にかっこいいって思うんだ。

友達

一番好きになったのは、
一番の友達。

かっこいいとこも悪いとこも、
全部知ってる。

友達としか見られてないのも、
わかってる。

でも好きで、困ってる――――っ。

普段は買わないジュースを買った。
君がいっつも飲んでたから。

令和最初の夏の味は、

好きな人の
好きな味だった。

遠距離

遠距離。

クリスマスありがち

クリスマスの時期に
彼氏いたことないがち。

クリぼっち、ネットで荒れがち。

自分は受験生だという罪悪感で
クリスマスあきらめがち。

一緒にクリパしてくれる
友達のありがたみ感じがち。
ダメだと
ちゃんとわかってて、
やるじゃん。

「メリークリスマス」

「カワイイ」と
言ってくれたけど、
「わたしほどじゃないけどね」と
顔に書いて
あるのが読める。

自分が嫌になる

好きだったけど、
自分のこと好きになられると
逃げたくなる。

褒め言葉はだいたい信じられず、

優しくされても、喜べず、

それでも好きになってほしい。
自分が嫌になっちゃうよ。

恋はいつも何かを隠してる

「デート」と言わずに、
「ごはん」と言って。

「片想い」と言わずに、
「推し」と言って

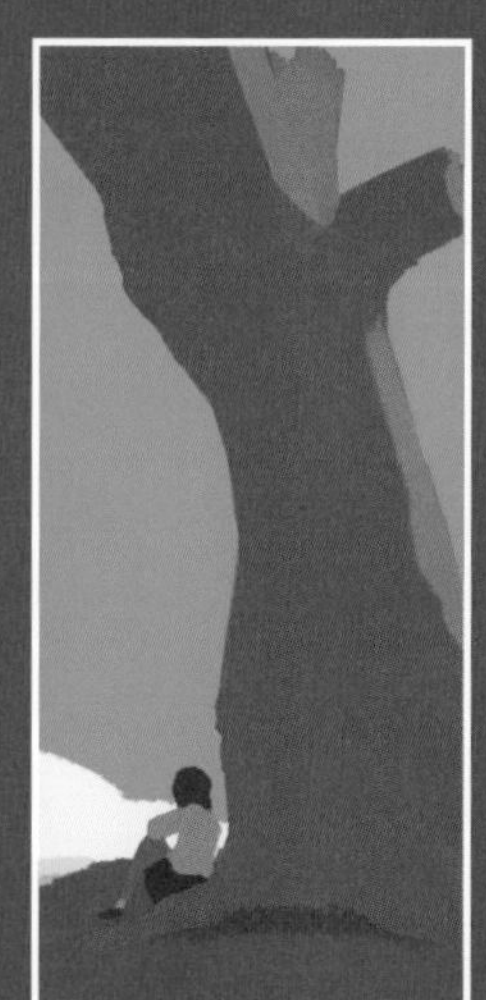

「彼氏の家」と言わずに、
「友達の家」と言う。

恋はいっつも
何かを隠してる。
わたしに秘密があるように
彼にもきっと秘密がある。
一生、
知りたくないけどね。

ごめんねがち

相手のこと好きかどうかよりも、
失敗しないかどうかで考えがち。

いらんこと言って、
相手傷つけがち。

相手の好意、
あんまり信用できなくなるがち。

でも、
そんなわたしを
好きになってくれて、
ありがとう。

付き合いたてありがち

クラスの女子と話してるの見て、
イライラしちゃいがち。

学校の中だと、
あんまり彼女感出せないがち。

だから帰り道デートが
楽しみで仕方ないがち。

その次の日、
目撃した友達が
ニヤニヤしながら
話しかけてきがち。

好きな人に突然、
下の名前を呼ばれてキュン。

好きな人との
ツーショットにキュン。

好きな人から
シンプルに、
ぎゅ———っ。

キスされる時ありがち

家まで送ってもらうときにされがち。

夜の公園のベンチに座ってるときにされがち。

家で映画見てるときにされがち。

ちゃんと

不器用なもんで、
ＬＩＮＥも上手に書けないし、

自分で嫌になるくらい
彼女らしさのかけらもなくて、

そんな自分と付き合ってくれてる彼に
申し訳なさが溢れてきて、
ちゃんと伝えようと思いました。

世界中の誰よりも
好きだす。

です・・・。

数えきれないくらい好き

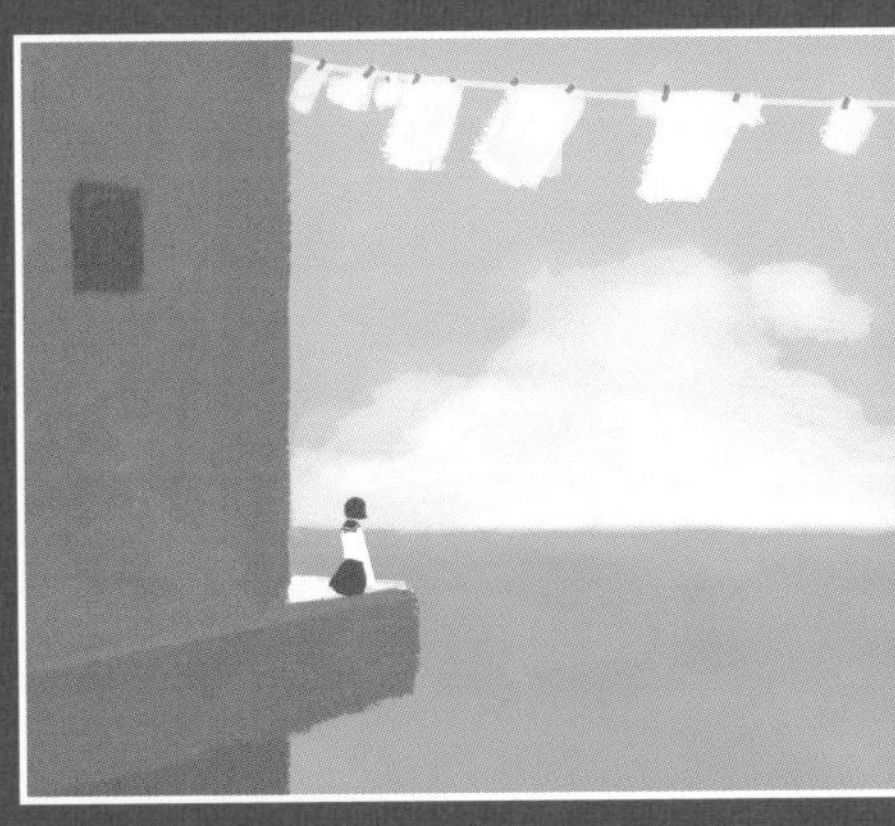
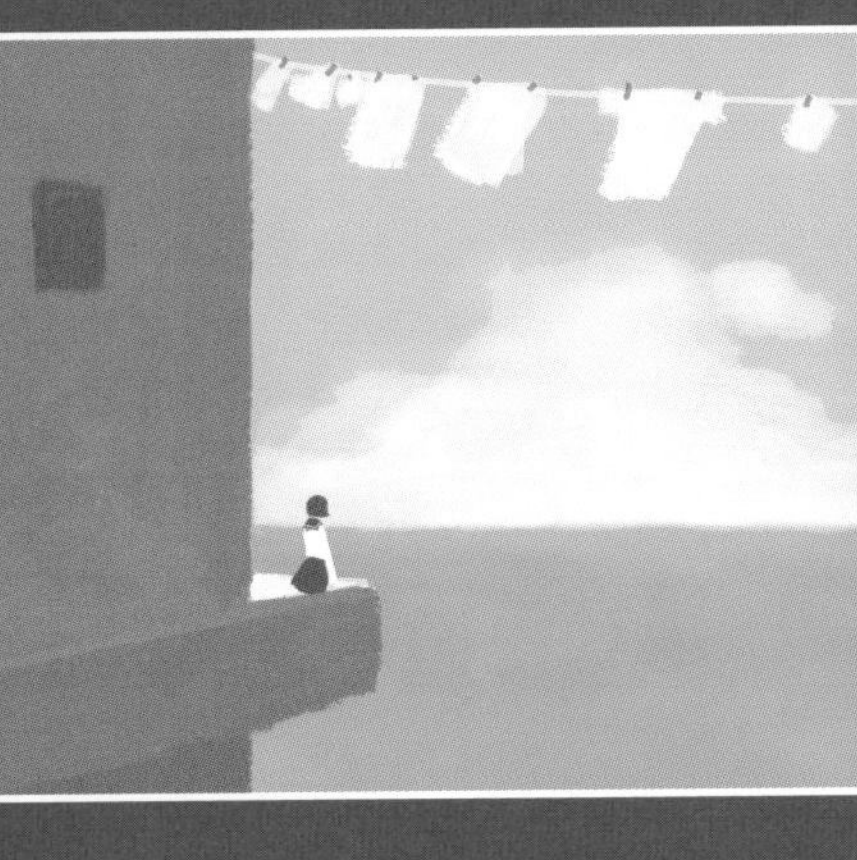

1日に何回も君のこと考えて、
毎日会いたくなっちゃって、

なんか両想いだったのに、

気がついたら片想い。

わたしの方が、
ぜったい好きに
なってるよ。

いじられキャラじゃないけど
好きな人にはいじられたい。

人の話聞くの好きじゃないけど
好きな人の話を聞くのは好き。

学校行きたくないけど
好きな人の隣の席なら土日も行ける。

厄介なことに君は、
わたしの人生を楽しくしてくる。

つまり、
君がわたしのハッピーエンド。

4 君に会いたくない理由

seisyun bot

SNSができてから
世界中がリア中のふりしてる。

「だれ？」ってなる

ずっと昔にしてた
好きな人とのＬＩＮＥを見返すと、
自分のテンションが高すぎて
「だれ？」ってなる。

あの頃

何の前触れもなく、
思い出すことがある。
君は何をしているのか、
いま彼女はいるのだろうかと。

あの頃大好きだった君と
その頃の自分を
思い出すことがある。

中央線、荻窪あたり。

何にも知らないくせに、
「勝手なことを言うな」と、
当時の自分に言いたいです。

大事件

大事件は、起きてない。

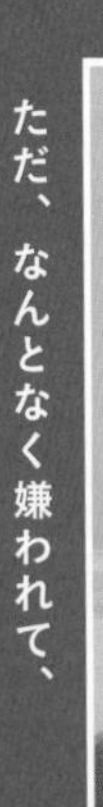

ただ、なんとなく嫌われて、

なんとなく、失恋したのだ。

わたしはなんで、
あんな奴と付き合ったのか。

口を開くたび、
彼の悪口を言ってるけど、

それなのに、なぜだかわたしは、
彼との思い出を嫌いになれないのだ。

今はもう聴かない曲

好きな人の聴いてる曲を
好きになりがちで、

失恋したあとは
その曲嫌いになるけど、

たまに聴きたくなって、
あの頃好きだった君を
脳内再生してみる。

迷子

「先輩」って呼んでドキドキして、
「先輩」って呼ばれてドキドキする。

「オマエ」って呼ばれてキュンとして、
「アイツ」って言いながらシュンとする。

わたしの青春は、
いま何してんだろうなぁ。

検索

昔々、すごく短い恋だったけど、
いまでは考えられないほど
好きだった人がいました。
なんか顔が見たくなって、
ＳＮＳで検索したけど見つからなくて。
でも、
「それでいいんだ」と思いました。

カメラロールに残ってた、
あの頃の写真。

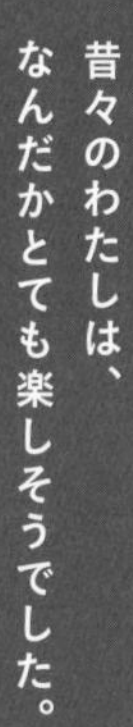

昔々のわたしは、
なんだかとても楽しそうでした。

消し忘れた君を見つけても、
もうそんなに、落ち込まないよ。

大人になると、
忘れちゃうのかな。

もう二度と会いたくない人

いまでもちょっとだけ、
君のことが気になってる。

でも、会いたくないよ。
いまはいまで楽しいし、幸せだから。

もう、会いたくないよ。

また、好きになっちゃうからね。

おわりに

あなたとの時間に名前をつけるなら

「青春ｂｏｔ」を始めようとしたときは、いろんな人から笑われたけど、
１人だけ面白いねって言ってくれた友達がいました。
言葉がいいねって言ってくれました。
「青春ｂｏｔ」っていう名前がいいねと言ってくれました。
始めはたった１人の友達の応援だったけど、
今では信じられないくらいたくさんの人からも応援の言葉をもらえるようになりました。

ＳＮＳってなんかいろいろ言われてるけど、
「青春ｂｏｔ」にとってはいろんな人からの声が届く、大切な大事な場所です。
いつもありがとうございます。これからも頑張ります。
大人になっても、たまには見に来てね。

「青春って、ようは頑張ってる時間のことじゃん」と、いまは思います。
その瞬間自体は、すごくドキドキして、ときめいて、充実してるんだけど、
振り返ったら、何やってたんだろう？って思う。
とっても辛くて苦しいその記憶を、バカバカしく思えるようになったとき、
初めてその時間は、青春っていう名前の思い出に、変わるのかな。

片想いほど辛い恋はないけどね、
大人になってもたぶんずっと覚えてる、大切な思い出。
今はさようなら、大好きだった人。

でもやっぱり、恋をするなら最後は両想いがいいな。
恋をして、生きたいんだよな。

青春botアカウント

Instagram @seisyunbot
https://www.instagram.com/seisyunbot/

Twitter @seisyunbot
https://twitter.com/seisyunbotdesu

TikTok @seisyunbot
https://vt.tiktok.com/88Gbk5/

恋をして生きてきたんだよな

2020年2月14日 第1刷発行

著　者　青春bot
発行者　大塚啓志郎・髙野翔
発行所　株式会社ライツ社
兵庫県明石市桜町2-22
TEL 078-915-1818
FAX 078-915-1819

編　集　大塚啓志郎・有佐和也
営　業　髙野翔・堀本千晶・吉澤由樹子
装丁・デザイン　宗幸・涌田千尋（UMMM）
印刷・製本　光邦

乱丁・落丁本はお取替えします。

ISBN 978-4-909044-25-9
ライツ社HP http://wrl.co.jp
ご感想・お問い合わせ MAIL info@wrl.co.jp